INSTRUCTION

DONNANT

LA DESCRIPTION ET LE MODE DE CHARGEMENT

DE LA

VOITURE A VIANDE

MODÈLE 1897

PARIS — IMPRIMERIE R. CHAPELOT ET Ce, 2, RUE CHRISTINE.

...ÈRE DE LA GUERRE

...ECHNIQUE DE L'ARTILLERIE

INSTRUCTION

DONNANT

LA DESCRIPTION ET LE MODE DE CHARGEMENT

DE LA

VOITURE A VIANDE

MODÈLE 1897

APPROUVÉE LE 18 DÉCEMBRE 1897

Modifiée d'après la feuille rectificative approuvée le 16 août 1899

PARIS

LIBRAIRIE MILITAIRE R. CHAPELOT et Cᵉ

SUCCESSEURS DE L. BAUDOIN

30, Rue et Passage Dauphine, 30

—

1900

MINISTÈRE DE LA GUERRE

COMITÉ TECHNIQUE DE L'ARTILLERIE

INSTRUCTION

DONNANT

LA DESCRIPTION ET LE MODE DE CHARGEMENT

DE LA

VOITURE A VIANDE

MODÈLE 1897

APPROUVÉE LE 18 DÉCEMBRE 1897

Modifiée d'après la feuille rectificative approuvée le 16 août 1899

PARIS

LIBRAIRIE MILITAIRE R. CHAPELOT et Cᵉ

Successeurs de L. BAUDOIN

30, Rue et Passage Dauphine, 30

1900

INSTRUCTION

DONNANT

LA DESCRIPTION ET LE MODE DE CHARGEMENT

DE LA

VOITURE A VIANDE

MODÈLE 1897

La voiture à viande modèle 1897 est destinée à transporter, à la suite des corps de troupe en campagne, la viande fraîchement abattue pour la nourriture des hommes, ainsi que l'outillage nécessaire à l'abatage, au dépeçage, etc., des animaux de boucherie.

Cette voiture doit être attelée à deux chevaux conduits en guides.

Description sommaire de la voiture.

La voiture à viande est une voiture suspendue, à 4 roues et à tournant complet.

Son poids est de 950 kilogrammes environ ; sa longueur totale, avec le limon, est de $6^m,35$.

On distingue dans la voiture :

L'avant-train, constitué par les roues et l'essieu de devant et tout ce qui s'y rattache;

L'arrière-train, formé par les roues de derrière,

leur essieu et toutes les parties qui s'y rattachent directement, y compris la caisse de la voiture.

Avant-train. — L'avant-train est destiné à soutenir la partie antérieure de l'arrière-train; il peut tourner indépendamment de celui-ci.

Il est muni d'un timon qui permet à l'attelage de diriger, retenir, arrêter ou faire reculer la voiture.

Le timon porte à son extrémité antérieure, ou petit bout, deux chaînes de bout de timon; la partie carrée qui termine l'autre extrémité prend le nom de têtard.

Le têtard du timon est muni, sur ses faces de dessus et de dessous, d'un arrêtoir de timon; il est en outre percé d'un trou destiné au passage d'une chevillette-clef qui sert à maintenir le timon en place.

La forme donnée au têtard permet de retourner le timon sens dessus dessous s'il vient, par exemple, à se cintrer vers le sol. Dans tous les cas, le centre du petit bout du timon ne doit pas être à une hauteur moindre de 1^m,03 au-dessus du sol, lorsque la voiture non chargée est sur un terrain horizontal.

L'avant-train proprement dit comprend un bâti, trois ressorts, un essieu et deux roues.

Le bâti, entièrement métallique, se compose de :

Deux armons, qui occupent la partie médiane de l'avant-train et qui forment, à leur partie antérieure, la fourchette dans laquelle se loge le têtard du timon.

Cette fourchette porte une bride de dessus et une bride de dessous de têtard de timon, percées l'une et l'autre d'un trou que la chevillette-clef traverse en même temps que le têtard du timon.

La chevillette-clef peut être employée pour desserrer les écrous des boulons placés sur les armons, pour permettre, s'il y a lieu, de sortir le têtard du timon de la fourchette ; elle est munie d'une lanière en cuir.

La bride de dessus de têtard de timon se termine, d'un côté, par un crochet destiné à recevoir une boîte à graisse.

Deux tirants sont placés en dehors des armons et reliés à la partie postérieure de ceux-ci par des manchons.

Les tirants et les armons sont, en outre, reliés à leur partie antérieure par une volée qui porte les palettes-marchepied et les palonniers ; ces derniers servent à attacher les traits.

Sur le milieu des tirants et des armons, est fixée une sellette portant une douille qui sert d'axe d'articulation aux deux trains de la voiture, et par laquelle tous les efforts de traction ou de recul sont transmis à l'arrière-train ; cette douille est traversée par une cheville ouvrière qui réunit les deux trains et qui est maintenue par une clavette.

Un rond d'avant-train, ayant son centre à la cheville ouvrière, est fixé sur les armons et les tirants ; il supporte la partie antérieure de l'arrière-train et sert, en outre, à maintenir le timon dans une position stable.

Les ressorts sont identiques les uns aux autres

et comprennent : un ressort transversal, deux ressorts latéraux.

La charge d'épreuve de chaque ressort est de 900 kilogrammes, sa flèche de fabrication de 80 millimètres et sa flexion totale sous la charge d'épreuve de 144 millimètres ; il résulte de là que la flexibilité de chaque ressort par 100 kilogrammes de charge est de 16 millimètres et que le ressort peut prendre une flèche négative maximum de 56 millimètres sans subir de déformations permanentes.

L'essieu est du modèle N° 3 du matériel des équipages militaires, les roues du modèle N° 5 *bis* du même matériel.

Arrière-train. — L'arrière-train comprend la caisse, les ressorts, l'essieu et les roues.

La caisse elle-même comprend la charpente, le passage de roues, la coquille, le coffre de siège, le coffrage et le frein ; elle comprend, en outre, les dispositifs nécessaires au chargement, au transport, etc., de la viande.

La charpente est constituée par deux brancards et deux faux brancards, réunis par des entretoises et des épars qui supportent les panneaux de fond de caisse et de fond de coquille.

Les faux brancards sont placés au-dessus des brancards et se prolongent vers la partie antérieure de la caisse ; ils forment avec les brancards un ressaut ou passage de roues, qui permet aux roues de l'avant-train de s'engager sous la caisse dans les tournants.

Des montants, assemblés à leur partie inférieure avec les brancards et les faux brancards, et réunis transversalement à leur sommet par des traverses cintrées, complètent la charpente de la caisse.

Le passage de roues porte les ferrures qui relient l'arrière-train à l'avant-train.

Ces ferrures sont les suivantes :

Un lisoir, au milieu duquel se trouve une boîte de douille de sellette destinée à coiffer la douille de sellette de l'avant-train et qui est traversée par la cheville ouvrière.

Un rond de dessus de train, ayant son centre à la cheville ouvrière, repose sur le rond correspondant de l'avant-train.

Ces diverses ferrures sont maintenues par des supports.

La coquille, située en avant du coffre de siège, est garnie d'une planche de coquille destinée à servir d'appui pour les pieds des conducteurs.

Le coffre de siège comprend un coffre inférieur et un coffre supérieur.

Le coffre inférieur, dont la porte s'ouvre sur le côté gauche de la voiture, est réservé au transport d'une caisse d'outils de boucher ; le coffre supérieur est situé au-dessus du précédent et est fermé par un dessus de siège.

La partie droite du coffre de siège est divisée en un certain nombre de cases dont l'affectation est indiquée plus loin. (Voir détail des accessoires portés par la voiture.)

Sur le devant du coffre de siège sont fixés un porte-fouet, une courroie d'attache de carabine, un crochet porte-crosse et un anneau porte-cañon.

Le coffrage est la partie de la caisse destinée à recevoir le chargement de viande.

Il est formé par des panneaux en bois et en zinc, appliqués contre les montants et sur les traverses cintrées qui constituent la charpente de la caisse ; les panneaux en zinc de la partie supérieure du coffrage sont perforés de trous destinés à aérer l'intérieur du coffrage et sont protégés à l'intérieur par trois rangées de lattis. Le panneau de fond ou plancher est protégé lui-même par deux garnitures mobiles en fer galvanisé.

Le panneau de dessus est surmonté d'un lanterneau.

L'arrière du coffrage est fermé par une porte à deux vantaux munis, à leur partie inférieure, de zinc perforé pour servir de prise d'air. Une crémone, actionnée par un excentrique à levier et pourvue de pitons pouvant recevoir un cadenas, assure la fermeture de cette porte.

Pour maintenir celle-ci grande ouverte pendant les chargements, chacun des vantaux est pourvu d'un piton de butoir qui correspond à un butoir muni d'une chevillette.

Des rideaux sont disposés sur les quatre côtés du coffrage pour permettre d'abriter le chargement contre le soleil, la poussière ou la pluie ; ils peuvent être tenus ouverts à l'aide des courroies dont ils sont pourvus et fermés au moyen de tourniquets fixés sur le coffrage.

Le frein appliqué sur la voiture à viande est un frein à patins et à vis dont la tringle de tirage porte des rondelles Belleville destinées à atténuer l'action du faux rond des roues sur les organes du frein. Il est actionné par un volant placé sur le côté droit du siège et sa tringle s'engage par l'extrémité opposée à ce volant dans la chape du support de porte-patin de droite; la tringle et le support dont il s'agit sont assemblés au moyen d'un axe de tringle muni d'une goupille à ressort. La tringle est elle-même percée de plusieurs trous qui permettent de régler le frein comme il est dit plus loin.

Les dispositifs nécessaires au chargement et au transport de la viande se composent de :

Quatre crochets de suspension extérieure, destinés à supporter les quartiers de viande pour en faciliter le débit; ils sont fixés à raison de deux sur chacun des montants de devant de la caisse;

Un marchepied et deux poignées-montoir pour permettre l'accès dans le coffrage; le marchepied peut être relevé, à la manière d'une fourragère, au moyen de deux chaînes de marchepied.

Les quartiers de viande sont suspendus à l'intérieur du coffrage au moyen de crochets de suspension intérieure, qui s'adaptent dans des chariots à galets portés par trois barres de suspension. Les chariots peuvent se mouvoir le long des barres de suspension ; on les immobilise à la position qu'ils doivent occuper en introduisant la chevillette à manette dont ils sont pourvus dans l'un des trous pratiqués à cet effet dans les barres de suspension.

Les deux ressorts de l'arrière-train sont identiques; la charge d'épreuve de chacun d'eux est de 1150 kilogrammes; la flèche de fabrication de 88 millimètres et la flexion totale sous la charge d'épreuve de 158 millimètres. Il résulte de là que la flexibilité de chaque ressort par 100 kilogrammes de charge est de 13^{mm},8 et que le ressort peut prendre une flèche négative maximum de 70 millimètres sans subir de déformations permanentes.

L'essieu est du modèle N° 3 du matériel des équipages militaires, et les roues du modèle N° 1 *bis* du même matériel.

Manière de régler le frein.

La course totale de la boîte dans laquelle s'engage la vis du frein doit être répartie de telle sorte que la moitié environ de cette course soit utilisée pour serrer les patins sur les roues, et l'autre moitié pour écarter au contraire le patin des roues.

Pour obtenir ce résultat, il faut :

Amener les patins au contact des roues;

Enlever la goupille à ressort et l'axe de tringle de frein;

Amener la boîte de vis de frein au milieu de la course qu'elle peut parcourir sur la vis du frein;

Engager l'axe de tringle de frein dans le trou de la chape du support de porte-patin et dans le trou de la tringle le plus rapproché de celui de la chape, en avant ou en arrière ;

Remplacer la goupille à ressort.

On doit veiller à faire remplacer les patins avant que l'usure n'atteigne les pièces sur lesquelles ils sont rivés.

Mode de chargement de la viande.

La voiture à viande est disposée pour transporter, en principe, 1000 rations fortes (500 kilogrammes) de viande débitée en quartiers entiers (quatre quartiers par animal) ou en morceaux plus petits.

Les quartiers de devant et de derrière doivent avoir sensiblement la même longueur, ils doivent être placés dans la voiture de manière à répartir aussi bien que possible le poids du chargement sur les ressorts et à éviter de fatiguer inutilement la charpente.

On devra donc placer de préférence les quartiers de derrière, qui sont plus lourds que ceux de devant, sur les barres de suspension des côtés, de telle sorte que l'on ait, avec un chargement de deux bêtes entières (8 quartiers) :

1° Sur la barre de suspension de gauche, deux quartiers de derrière et un quartier de devant, ce dernier près de la porte ;

2° Sur la barre de suspension du milieu, deux quartiers de devant ;

3° Sur la barre de suspension de droite, même chargement que sur celle de gauche.

Dans tous les cas, pour faciliter l'écoulement des liquides, les quartiers de derrière doivent être suspendus le jarret en haut, et ceux de devant l'encolure en bas.

Deux hommes suffisent pour effectuer le chargement, un boucher et son aide.

Le boucher s'assure que les garnitures mobiles du plancher sont en place ; il ramène les chariots à galets à l'arrière de la voiture (1), dispose les crochets de suspension sur le plancher, à sa portée, et se tient dans la voiture, près de la porte, avec un de ces crochets à la main.

L'aide apporte successivement les quartiers, en se conformant aux indications qui lui sont données par le boucher, et en choisissant les trois quartiers les plus courts (deux de derrière et un de devant), qui seront placés au-dessus du passage des roues de l'avant-train.

L'aide monte sur l'escalier, sans entrer dans la voiture ; dès qu'il est à bonne hauteur, le boucher enfonce son crochet de suspension dans le quartier, à 20 ou 25 centimètres au plus du bout.

Les deux hommes soulèvent ensuite le quartier et le boucher engage le crochet de suspension dans le chariot à galets placé le plus en avant sur l'une des barres de suspension.

Si le quartier est trop lourd, on peut faire

---

(1) Relever la manette de la chevillette jusqu'à l'arrêt du mouvement, la retirer en arrière pour dégager la chevillette de la barre de suspension, et faire glisser le chariot.

usage d'un palan (1) suspendu par une de ses moufles à l'un des trois chariots à galets les plus rapprochés de l'arrière de la voiture.

Quelle que soit la méthode employée pour élever les quartiers dans la voiture, aussitôt qu'un quartier est suspendu à un chariot à galets, le boucher le fait tourner de manière que l'avant-bras dans les quartiers de devant soit toujours dirigé vers l'intérieur du coffrage et que la partie interne du quartier, pour ceux qui sont portés par les barres de suspension des côtés, s'applique contre la paroi latérale du coffrage.

Le boucher pousse ensuite le quartier vers l'avant de la voiture en prenant appui près du crochet de suspension, et arrête le chariot à galets à l'emplacement convenable, vis-à-vis de l'un des trous percés dans la barre de suspension ; il engage la chevillette du chariot dans ce trou et rabat la manette de la chevillette.

Continuer le chargement en ayant soin de procéder par rangées parallèles au-devant de la voiture.

Si le chargement comprend plus de 15 quartiers ou morceaux débités, les excédents sont suspendus directement aux barres de suspension ; si les quartiers sont réduits à moins de huit et en nombre impair, on ne devra utiliser la barre de suspension du milieu que pour le quartier excédant le nombre pair.

---

(1) Ce palan fait partie du chargement de la caisse d'outils de boucher.

Le déchargement s'opère dans l'ordre inverse, en ramenant l'un après l'autre les quartiers à l'arrière de la voiture avant de les décrocher.

Dans les chargements ou déchargements de nuit, il est commode de suspendre la lanterne dont la voiture est pourvue à l'un des chariots à galets, au moyen d'un crochet à viande.

Aussitôt après le déchargement, le coffrage de la voiture et les garnitures mobiles du plancher doivent être lavés à grande eau ; on utilisera au besoin une brosse en chiendent ou un chiffon pour enlever les agglomérations de graisse ou de sang.

Pour assurer l'écoulement de l'eau de lavage, il suffit d'appuyer pendant quelques instants sur le bout du timon, de manière à incliner fortement le plancher en arrière.

La voiture étant montée sur ressorts, si le chargement est beaucoup plus lourd sur un côté que sur l'autre, il se produit une déformation du coffrage. Il en est de même lorsque l'une des roues de la voiture chargée, en repos ou en marche, est plus basse que l'autre roue du même essieu.

La déformation du coffrage empêche d'ouvrir la porte de la voiture si elle est fermée, ou de la fermer si elle est ouverte.

Il y a donc intérêt à répartir également le chargement dans la voiture et à n'ouvrir ou fermer celle-ci qu'après l'avoir amenée sur un sol bien horizontal.

Le marchepied doit être maintenu relevé, au

moyen de ses chaînes, tant que la porte de la voiture est fermée.

Les dispositions ci-après paraissent devoir être recommandées en vue de la conservation de la viande emmagasinée dans la voiture :

Fermer les rideaux en cas de soleil, de poussière ou de pluie ;

Répandre de l'eau sur le plancher lorsque la température est très élevée, et refermer la porte aussitôt après ;

Tenir la porte grande ouverte pendant la nuit et pendant les marches avant le lever ou après le coucher du soleil, alors que ni la poussière ni les mouches ne sont à craindre.

Accessoires portés par la voiture.

La voiture à viande est pourvue de cinq rideaux en toile, de cinq tringles de rideaux, en laiton, de quinze chariots à galets, de vingt crochets de suspension, étamés, et de deux garnitures mobiles de plancher ; tous ces objets, bien que mobiles, sont considérés comme faisant partie intégrante de la voiture.

L'avant-train est également pourvu, dans les mêmes conditions, d'une lanière de chevillette-clef de timon en cuir hongroyé.

En outre, chaque voiture en service reçoit les accessoires, rechanges, etc., dont le détail et l'emplacement sont indiqués ci-après :

DÉSIGNATION DES OBJETS.	QUANTITÉS.	EMPLACEMENTS.
OBJETS FOURNIS PAR LE SERVICE DE L'ARTILLERIE.		
Cadenas de 54mm, avec clefs.......	3	A la fermeture des coffres de siège et de la porte de la voiture.
Boîte à graisse, grande.........	1	Au crochet de la bride de dessus de têtard de timon.
Seau d'abreuvoir (pour le lavage de la voiture, etc.).	1	A son crochet, sous le plancher et vers l'arrière de la voiture.
Traits de rechange...........	2	Les traits dans l'étui et le tout dans la grande case de gauche du coffre supérieur de siège (1).
Étui de traits de rechange......	1	
Écrous d'essieu no 1, de rechange.	2(2)	Dans la petite case longitudinale de droite du coffre de siège, le bout du manche de la clef dans l'encoche de la séparation de devant de cette case (3).
Clef à écrous d'essieu no 1........	1	
Lanterne claire (falot)..........	1	Dans la case du milieu du compartimentage de droite du coffre de siège.
Bidon à huile, avec ciseaux et mèches	1	Dans la case postérieure du compartimentage de droite du coffre de siège.
Pelle ronde (pour permettre d'enfouir les issues, etc.)...........	1	A leurs ferrures, la pelle sur le côté droit et la pioche sur le côté gauche de la voiture.
Pioche, idem.....		

La série régimentaire d'outils de boucher fournie par le service des subsistances militaires sera placée dans le coffre intérieur de dessous de siège de l'une des voitures à viande.

(1) La grande case de gauche du coffre supérieur de siège reçoit, en outre, les effets du conducteur.

(2) Un écrou avec filetage à droite et un avec filetage à gauche.

(3) La petite case longitudinale de droite reçoit, en outre, la ferrure de rechange des chevaux.

Mode d'attelage de la voiture.

Ainsi qu'il a été dit plus haut, la voiture à viande modèle 1897 est attelée de deux chevaux conduits en guides.

La description de ce mode d'attelage et la composition du harnachement qu'il nécessite seront données dans une instruction actuellement en préparation.

Paris, le 10 décembre 1897.

Le Général de division,
Président du Comité technique
de l'Artillerie,

NISMES.

Approuvé :

Paris, le 18 décembre 1897.
Le Chef d'État-major général
de l'Armée,
BOISDEFFRE.

Paris. — Imprimerie R. Chapelot et Cᵉ, 2, rue Christine.

A la même Librairie

Manuel du soldat d'infanterie. Nouvelle édition, entièrement revue, augmentée et mise en harmonie avec les nouveaux règlements. Paris, 1900, 1 vol. in-18 cartonné .... 75 c.

Aide-mémoire pour l'instruction des **éclaireurs de compagnie**; nouvelle édition mise à jour en conformité avec le Règlement sur le service en campagne du 28 mai 1895, l'Instruction pratique provisoire du 24 décembre 1896 et le Règlement sur l'instruction du tir du 22 mai 1895. Paris, 1897, broch. in-12. 75 c.

Les petites patrouilles, méthode d'instruction; par le capitaine **B*****. 3ᵉ *édition*, revue et corrigée. Paris, 1896, broch. in-12 avec figures .... 40 c.

Instruction sur les travaux de campagne, à l'usage des troupes d'infanterie, approuvée par le Ministre de la guerre le 15 novembre 1892. Paris, 1898, 1 vol. in-18 cartonné avec de nombreuses figures dans le texte .... 1 fr.
Relié toile. .... 1 fr. 25

Nouvel aide-mémoire de l'officier d'infanterie en campagne; par F. **Gardin**, capitaine au 51ᵉ régiment d'infanterie. 3ᵉ édition revue et complétée. Paris, 1897, 1 vol. in-12 avec tableaux et figures, broch .... 2 fr.
Relié toile .... 2 fr. 50

Administration intérieure d'une compagnie. En station, — En route, — En campagne. 2ᵉ édition, mise à jour et complétée. Paris, 1898, 1 vol. in-12 cart .... 2 fr. 50

Paris. — Imp. R. Chapelot et Cᵉ, rue Christine, 2.

www.ingramcontent.com/pod-product-compliance
Lightning Source LLC
Chambersburg PA
CBHW061744180626
46818CB00006B/2736